AF402567

POÉSIES

RÉPUBLICAINES

PAR

ANTONIO FAUSTIN.

Prix : 75 centimes.

NONTRON,

Typographie P. Deschamps, Grand'rue.

—

1871

A LA RÉPUBLIQUE

I

La vierge était aux fers ; un bandit l'avait prise !
Criminel attentat ! odieuse entreprise !
    Exploit cynique d'un cagot !
La vierge n'aimait point ce monstre à face humaine
A l'esprit imbécile ! — Elle expia sa haine
    Dans les horreurs d'un noir cachot !

Ce fut pendant la nuit, que surprise et trahie,
Souffletée au visage, insultée et meurtrie,
    De vils assassins, des bourreaux
Osèrent la traîner en la prison infâme,
Gens qui mériteraient de voir entrer leur âme
    Dans le corps des sales pourceaux !

1871,

Et l'on vit, ô douleur ! ainsi qu'une impudique,
A l'allure éhontée, au son de voix lubrique
    Qu'on rencontre le soir, au coin
Des sombres carrefours, et que de fers chargée
On emprisonne.... on vit.... cette vierge outragée
    En prison menée avec soin !

Mazas ! Prison d'Etat ! affreuse et noire geôle
Où ceux qui par l'écrit et la libre parole,
    Combattent pour la liberté,
Enchaînés et souffrants, sur la paille pourrissent,
Tandis que leurs tyrans, dehors se réjouissent,
    Heureux dans leur iniquité !

Puissions-nous voir un jour ton épaisse muraille
S'écrouler sous les coups de la sainte canaille,
    Lasse de tant de noirs forfaits !
En tombant puisses-tu, comme on broie un brin d'herbe,
De nos maudits tyrans broyer le front superbe...
    Nous te louerons de tes bienfaits !

II

O jeune République ! oh dis-nous donc quels crimes
Te valurent l'honneur d'être traînée aux fers !
Des passions des Rois, nous étions les victimes,
Toi, tu calmais les maux que nous avions soufferts !

Aux cœurs désespérés tu rendais l'espérance ;
Tu rappelais des mers les fugitifs proscrits !

Plus d'exil, de prison ; — et l'amère souffrance
Aux pauvres condamnés n'arrachait plus des cris !

Aux mères tu rendais leurs jeunes fils ; aux veuves
Tu ramenais enfin les maris exilés !
Nous te bénissions tous ; et par des routes neuves,
Nous allions au Progrès, heureux et consolés !

Parmi nous tu faisais observer la justice,
Tu rendais à chacun ses légitimes droits !
Tu punissais le mal ; tu frappais l'artifice,
Tu nous faisais aimer tes ordres et tes lois !

III

Voilà ton crime, ô République !
Enorgueillis-toi de tes fers !
Ces lâches, à l'âme cynique,
Vrais démons sortis des enfers,
La rage au cœur, et les yeux sombres,
Sans bruit, marchant au sein des ombres,
Ils t'ont, hélas ! percé le corps,
De leur poignard couvert de boue,
Et souillé, les impurs, ta joue,
Croyant te livrer à la mort !

Cette besogne terminée,
Celui qui les commandait tous :
« Voilà mon œuvre couronnée,
« Dit-il, maintenant courbez-vous !
« Empereur, je serai despote,

« La République est sous ma botte,
« Je la tiens, et c'est pour toujours.
« Hurrah ! je proclame l'empire,
« Des tyrans je serai le pire,
« Je veux qu'on maudisse mes jours ! »

République, il te croyait morte
Ce bandit, assassin de nuit !
Mais tu te tenais à sa porte,
Prêtant l'oreille au moindre bruit ! —
Vingt ans bientôt que tu sommeilles !
Enfin un jour tu te réveilles,
O jour terrible, ô jour sanglant !
Tu le pinçais de tes tenailles ;
Au bruit des affreuses batailles,
Il s'enfuyait couvert de sang !

A MA FRANCE

(Écrit après la trahison de Sedan.)

O France ! ô pauvre France ! ô patrie adorée,
Pays de la valeur, noble terre sacrée,
En quel état te vois-je ? O Dieu des nations,
Qu'est devenu ton peuple, autrefois, hier encore
Parmi tous si puissant, du couchant à l'aurore,
Exerçant en tous lieux ses nobles actions ?

Il était fier et grand, tout plein de destinées,
Et devant sa grandeur, s'inclinaient détrônées
Les majestés des rois qui s'avouaient vaincus !
Mais toujours généreux et n'aimant que la gloire,
Sans vouloir profiter des fruits de la victoire,
Vainqueur, il relevait les rois qui n'étaient plus ! —

Quinze siècles durant, à la tête du monde,
Intrépide penseur, au vaste esprit qui sonde,
Il sut toujours porter du progrès le drapeau !

Les autres le suivaient, marchant sous sa bannière,
Heureux de s'abriter sous sa vertu guerrière ;
A l'ombre de son nom, ils trouvaient le repos !

Et maintenant, ô France, on me dit que tu tombes,
Et que même déjà, sans forces tu succombes,
Haletante, épuisée en un jour de malheur !
On me dit que tu viens de te coucher à terre,
Et que n'en pouvant plus, tu mordais la poussière,
En laissant échapper un sanglot de ton cœur !

On me dit que de sang et de sueur couverte,
Le front devenu pâle, et la poitrine ouverte,
Tu râlais à côté de tes enfants tombés !
On me dit, ô douleur ! ô désespoir atroce !
Que c'en est fait de toi, qu'on a creusé ta fosse
Tout près de ces sillons que les tiens ont comblés !

O ma France ! faut-il que déjà tu te meures ?
A l'horloge du temps, la dernière des heures
Aurait-elle sonné, signal de ton trépas ?
Oh ! parle, dis-le-moi ! je suis ton fils, je souffre !
Toi, si grande et si fière, et tomber dans le gouffre,
Et défaite, mourrir ! Oh ! non, cela n'est pas !

Oh ! non, cela n'est pas, car tu fus trop vaillante,
Trop féconde en héros, et ta main triomphante,
Comme par le passé, d'ennemis insolents
Aura toujours raison ! — Non, jamais dans la honte
Ne pourra se plier ton front que rien ne dompte,
Ni la mort, ni le fer, ni les revers sanglants !

Je le sais, ô ma France ! un instant ton courage
Sans faiblir a cédé sous les coups de la rage,
Tu t'es sentie atteinte au profond de ton cœur !
Et bientôt chancelant, affreusement blessée,
Tu répandais ton sang, et tu t'es affaissée,
Ton beau front tout meurtri, tout pâle de douleur !

En te voyant tomber dans toute ta puissance,
Tes ennemis heureux, et tout pleins d'insolence,
Ont entonné : Victoire ! Ils ont battu des mains !
O le brutal triomphe ! O les sots cris de joie !
Ils se sont approchés pour contempler leur proie,
Avec le rire affreux des barbares Germains !

Laisse faire, ô ma France ! un instant de faiblesse
N'amène pas la mort ! jamais de la détresse
Tu n'as connu l'angoisse et les sombres terreurs !
Le soleil quelquefois se couvre de nuages,
Le vaisseau sur la mer est assailli d'orages,
Mais il ne sombre pas au sein des profondeurs !

Toi mourir ! Allons donc ! Les destins de la guerre
Sont cruels, je le sais ! mais qui donc sur la terre
Oserait accomplir ta noble mission ?
Dieu te créa pour être au milieu de ce monde
Comme un phare éclatant qu'on place au sein de l'onde,
En te montrant, il dit : « Voilà ma nation ! »

Ensuite il te donna le pays de la terre,
Le plus beau, le plus riche, en te disant : « Prospère ! »
Aux cœurs de tes enfants, cœurs nobles, cœurs ardents,

Il souffla l'héroïsme avec les vertus saintes ,
De leur âme il bannit les frayeurs et les craintes ,
Il en fit des héros magnanimes et grands !

Tu viens d'être vaincue , ô noble , ô chère France !
Ton ennemi dont rien n'égale l'insolence ,
T'a jetée à ses pieds , croyant t'anéantir !
Vaincue , ô désespoir ! Ton armée invincible ,
Aux despotes cent fois si fatale et terrible ,
Sanglante et mutilée , est là qui va périr !

Vaincue ! et hier encore elle était redoutable ,
Et hier encor le sol , sous son pied formidable ,
Tremblait , et ses soldats passaient victorieux !
Vaincue ! elle ignorait ce qu'est une défaite !
Vaincre ou mourir , c'est tout ! La mort ou la conquête ,
Pour elle , il n'était pas d'autre sort sous les cieux !

O France ! quand vingt rois enivrés de démence ,
Epris d'un fol orgueil , possédés de jactance ,
Osèrent ameuter contre toi leurs soldats ,
Le monde alors te vit , jeune et libre guerrière ,
Comme un géant courir sur les mers , sur la terre ,
Et livrer à chacun de glorieux combats !

Vingt ans tu combattis toujours victorieuse ,
Et devant toi tu vis la tête audacieuse
D'une foule de rois se courber à tes pieds !
Un géant te menait ; et dressée aux batailles ,
Tu n'aimais que la poudre et les lits de mitrailles ,
Tu ne marchais qu'avec un front ceint de lauriers !

Mais un jour fatiguée, et lasse de ta gloire ,
Lasse aussi d'entasser victoire sur victoire ,
Lasse d'aller toujours sans user ton chemin ,
Tu tombas..... Tu venais, ô ma pauvre patrie !
Tu venais d'être, hélas! honteusement trahie ,
Alors tu t'arrêtas, maudissant ton destin ! —

Trahie ! ô pauvre France ! et quel est donc ton crime ?
L'infâme trahison te fait encor victime ,
Et te livre sanglante aux bras des insulteurs !
Mort aux traîtres ! à bas, ces cœurs vils et cyniques,
Maudits soient-ils eux qui, dans leurs desseins iniques,
Voulaient tous nous livrer à d'odieux vainqueurs !

Ma France! espère! attends! Courage ! encore une heure,
Voici que de partout, de ce pays qui pleure ,
Surgissent des soldats qui sauront te venger !
Ce sont tes fils, ô France ! ah ! les larmes fécondent
Le sol qui les reçoit, et les héros abondent,
Des héros qui mourront pour chasser l'étranger !

Dans la nuit du 4 au 5 septembre.

A L'ARMÉE DE SEDAN

Honneur à vous, nobles vaincus !
Aux insulteurs, honte éternelle !
Vous étiez des héros ! — mais, efforts superflus,
Votre valeur que pouvait-elle,
Quand vous étiez livrés, et trahis, et vendus ?

I

Vous vous êtes montrés les héros de la France ,
De cette France au cœur encor plein d'espérance
Et qui vous aimait tant !
Pour elle, vous avez, sur dix champs de bataille,
Bravé cent fois la mort, affronté la mitraille,
Et versé votre sang !

Tous, vous avez lutté comme luttent les braves,
Vous n'avez point voulu de libres être esclaves,
  Et tomber au pouvoir
Des atroces tyrans. — C'est pour votre patrie,
Pour la France qui vous regardait, attendrie,
  Que vous mouriez le soir !

C'est bien, ô grands héros, guerriers à l'âme ardente !
Parmi vos ennemis, vous semiez l'épouvante
  Et l'horreur du trépas !
Vous étiez des lions, sublimes de courage,
Quand le signal donné, sans colère, sans rage,
  Vous voliez au combat !

Ah ! vous aimiez la France, et son image chère,
Comme l'image aimée et sainte d'une mère,
  Brillait devant vos yeux !
Elle aussi vous aimait, et sur votre passage
Elle vous acclamait, et vous donnait un gage
  De son amour pieux !

Et vous, soldats vaillants, pleins d'une sainte audace,
Dans le pays Lorrain, dans les champs de l'Alsace
  Où d'ardents défenseurs
Combattirent jadis pour notre délivrance,
Vous alliez châtier l'orgueil et l'insolence
  De fiers envahisseurs !

Une fortune aveugle a trompé votre attente ;
Dans des combats fameux votre courage tente
  De ressaisir le sort ;

C'est en vain que luttant, vous faites des prodiges,
Vous tombez ainsi que des épis sur leurs tiges
    Sous la faux de la mort!

Coteaux de Reischoffen, et vous, sommets fertiles
De Wœrth, vous avez vu nos légions paisibles
    Conduites aux combats !
Dites-nous si jamais l'on vit dans la bataille,
Ne craignant ni boulets, ni bombes, ni mitraille,
    De plus dignes soldats !

Illustres morts de Wœrth, et vous petite troupe
De nobles cuirassiers, et qui formiez un groupe
    D'invincibles héros,
Vos noms par nous seront conservés dans l'histoire,
Et notre souvenir fera planer la gloire
    Sur le champ du repos !

Soldats restés debout, quand la mort, sur la terre,
Fauchait, autour de vous, de sa faux meurtrière,
    Vos frères, vos amis,
Où couriez-vous ainsi, pleins d'une ardeur fougueuse,
Des bords fleuris du Rhin aux rives de la Meuse,
    Confiants et soumis ?

Ah! vous auriez vaincu, soldats à la grande âme,
Si d'un lâche empereur la trahison infâme
    Ne vous avait livrés
A ceux qui volontiers s'étaient faits les complices
De ses desseins pervers, de ses ignobles vices,
    Par chacun exécrés !

II

Oui, vous auriez vaincu, car les fils de la France
Toujours surent punir l'orgueilleuse arrogance
    De lâches insulteurs !
Oh ! c'est que la victoire aime les grandes âmes,
Et ne se livre point à des traîtres infâmes,
    A de vils malfaiteurs !

La France était pour elle une patrie aimée ;
Quinze siècles durant, toujours de son armée
    Elle fut dans les rangs ;
Intrépide marcheuse, allant d'un pôle à l'autre,
Quel nom était le sien ? Quel nom était le vôtre !
    O soldats ! ô géants !

Au bout de l'horizon, quand paraissait votre ombre,
Vos ennemis déjà, si grand que fût leur nombre,
    Fuyaient terrifiés !
La victoire agitait son drapeau tricolore
Et les rois aussitôt, du couchant à l'aurore,
    Tremblaient, humiliés !

Elle était avec vous, dans vos rangs, la victoire,
Nuit et jour combattant, et vous donnant la gloire,
    Tandis qu'à vos vainqueurs
Elle infligeait l'opprobre et l'éternelle honte
Avec le déshonneur, et ce rouge qui monte
    Au front des insulteurs !

Mais, hélas! un bandit qui jamais ne sut être
Qu'un faussaire, un parjure, un homicide, un traître,
        Osait vous commander!
Jadis il avait vu la victoire fidèle
Marcher sous vos drapeaux, et la trouvant fort belle
        Voulut la marchander.

« Combien me donnez-vous, » dit-il au roi barbare,
Qui tendit aussitôt sa main velue, avare,
        « Et je vous donnerai
« Celle qui pour vous fut toujours une étrangère,
« Moi, je ne pus jamais lui rendre ma voix chère,
        « Je vous la livrerai! »

— « Donne-moi la victoire, et pour ta récompense
« J'humilierai l'orgueil d'un peuple qui t'offense
        « Et ne veut plus de toi.
« Mon bras raffermira les bases de ton trône,
« Je consoliderai sur ton front la couronne,
        « Je te saluerai roi!

« Es-tu content? réponds! Mais, écoute, autre chose,
« Donne-moi ton armée, et prends en main ma cause,
        « Livre-moi tes canons,
« Tes villes et tes forts, et toute la frontière!
« Sois sans honte! tous deux dans la sanglante ornière
        « Avons traîné nos noms! »

— Et le bandit, victoire, en ses bras homicides,
Te prit, et t'étouffa de ses mains parricides,
        Et morte, te livra!

Morte ! — Oh ! non ! — tu ne fais que dormir, et terrible
Sera l'heure où sortant de ton sommeil pénible,
      Dieu te réveillera !

Alors en te voyant dans les bras d'un despote,
Et sans attendre aussi que sur ton front où flotte
      Comme un parfum d'honneur,
Il dépose un baiser de sa bouche hideuse,
Tu te relèveras, de rage furieuse,
      Et la colère au cœur !

Tu vaincras le tyran, et souilleras sa joue ;
Comme un ver écrasé qu'on jette dans la boue,
      En détournant les yeux,
Ainsi tu laisseras choir dans l'ignominie,
Ce brigand dont les jours sont couverts d'infamie,
      Brigand haï des cieux !

Et c'est ainsi, soldats, que toujours invincibles,
Cette fois vous avez, bien que grands et terribles,
      Succombé sous le sort !
Pendant quatre longs jours, sans repos et sans trêve,
Vous avez combattu du fusil et du glaive,
      Semant partout la mort !

Un homme vous savait trop généreux, trop braves,
Et lâche il a voulu vous jeter des entraves,
      Et vous mettre des fers !
Vous étiez des lions, il vous fallait des chaînes !....
O honte ! ce bandit subira bien les peines
      Des maux par vous soufferts !

Sedan ! ô nom de honte ! ô ma chère patrie ,
Couvre de deuil ton front ! de ton âme meurtrie
      Pousse de longs sanglots !
Tes enfants sont vendus, conduits dans l'esclavage !
D'un empereur-bandit ! voilà le bel ouvrage !
      Oh ! pleure tes héros !

      Honneur à vous, nobles vaincus !
      Aux insulteurs honte éternelle !
Vous étiez des héros ! — mais efforts superflus,
      Votre valeur que pouvait-elle
Quand vous étiez livrés, et trahis, et vendus ?

LA FRATERNITÉ.

Peuple, mon frère, viens, fuis ce lieu de carnage,
Laisse-moi t'emporter à travers le ciel pur !
Quel démon te possède et te souffle la rage,
    Qui de ton cœur ternit l'azur!

Pourquoi te battre ainsi? d'où te vient la colère
Qui transforme ton âme et te rends furieux?
Est-ce donc pour souffrir que tu vis sur la terre,
    N'est-ce pas pour gagner les Cieux?

Oh! tu fais mal à voir! Ta face ensanglantée
Ne porte plus ces traits qui te proclamaient roi!
Ton regard me fait peur! mon âme épouvantée,
    Te considère avec effroi

Que vois-je ? — Quoi, tes mains dans le sang sont rougies!
Tu trébuches! quel vin noir ou bleu t'a grisé?
Sors-tu d'une taverne où parmi les orgies
    L'homme sort ivre, méprisé?

O peuple ! où vas-tu donc? quel bruit épouvantable
Eclate dans les airs ! j'entends des cris de mort !
L'homme meurt! C'est la guerre atroce, formidable.
    Pauvre peuple, maudis ton sort !

Maudis ton sort, hélas! car celui qui succombe
Sous ta hideuse balle, invention des rois,
Est ton frère ! il t'aimait! Et maintenant, il tombe,
    Victime d'odieuses lois!

De quel droit, ô tyrans, déclarez-vous la guerre?
Qu'êtes-vous pour forcer l'homme à vous obéir?
Qui donc vous a donné pour partage la terre,
    Et le droit de faire mourir?

Les rois ! race maudite ! hideuse et vile engeance
Qui règne par le fer et le noir échafaud!
Les rois ! Cruels tyrans! ils aiment la vengeance
    Et font leur trône avec des os!

D'un long manteau de pourpre ils couvrent leurs épaules,
C'est pour cacher la trace où le fer s'imprima!
Stigmate indélébile — En vain tous ces beaux drôles
    L'effaceront, on la verra !

Sur leur front sans pudeur ils portent la couronne,

C'est pour cacher le sang des condamnés à mort;
C'est par l'assassinat qu'ils ont acquis leur trône,
C'est toujours la loi du plus fort!

Nouveaux Caïns, ils sont maudits par toute terre,
Leur vue effraie et fait fuir les petits enfants!
Pour passe-temps, ils ont ces jeux qu'ils nomment guerre,
Jeux homicides, jeux sanglants!

Et toi, mon pauvre peuple, ô toi qui vis de peines,
Veux-tu toujours courber dans la honte ton front?
Ne veux-tu pas un jour, en secouant tes chaînes,
Vivre libre et fier, sans affront?

Eh! bien, suis-moi! viens! viens! Tu n'auras plus d'entraves,
Tu ne traîneras plus le boulet du forçat!
Viens, tu ne seras plus un vil troupeau d'esclaves
Que conduit un vil renégat!

Viens, je te donnerai tous les hommes pour frères,
Tu connaîtras enfin ce qu'est la liberté!
Viens! je veux t'arracher aux poignantes misères
D'une affreuse captivité!

Laisse-moi t'emporter dans mes bras forts, robustes;
O peuple, ne crains pas que je te laisse choir?
Nous sommes attendus par nos deux sœurs augustes,
Fuyons, fuyons avant le soir!

Mais quel étrange objet ralentit notre course?
Des cadavres, du sang, et des mourants partout!

Voilà l'œuvre des rois, car leur trône est la source
    D'où sortent tous les maux !.... dégoût !

Oh ! que ta tête est chaude, et que tes bras sont maigres !
La fièvre te consume et t'abat lentement !
Tu n'as trempé ta lèvre à des breuvages aigres
    Que pour souffrir horriblement !

Donne-moi tes deux mains ! mais quelle est cette trace,
Qu'hélas ! j'aperçois là ? — C'est la trace des fers
Que t'ont mis les tyrans, mais mon amour efface
    Les cruels maux qu'on a soufferts.

Un jour quand mes efforts, en tous lieux de la terre,
Auront du ciel conduit l'universelle paix,
Quand les tyrans lassés de déclarer la guerre,
    L'un après l'autre au gouffre épais,

Tomberont, rendus lourds par le poids de leur crime,
Alors, ô peuple, alors, sorti de l'impiété,
Sur ton front brillera, comme un astre sublime
    L'étoile de la liberté !

Et maintenant veux-tu, pauvre peuple, mon frère,
Fils pour le dur travail et les pleurs suscité,
Savoir quel est mon nom ? — Là-haut, et sur la terre
    On m'appelle : Fraternité !

Octobre 1870.

JADIS ET AUJOURD'HUI

En ces temps-là les Rois que sacrait l'huile sainte,
Et qui s'agenouillaient sans scrupule et sans crainte,
Sur le pavé du temple, étaient aimés de tous!
Devant ces Rois sacrés, on tombait à genoux.
C'est qu'aux yeux de chacun ces souverains si nobles,
N'étaient pas des faquins, des mendiants ignobles,
Qui par les carrefours, dans la boue et le sang,
Le parjure à la bouche et le poignard au flanc,
La nuit s'en vont chercher quelque haillon immonde
Qu'ils présentent ensuite aux nations du monde
En disant : « Je suis roi ! peuple courbe ton front ! »
Oh ! non, les Rois d'alors n'infligeaient pas d'affront
A ceux qu'ils gouvernaient, les traitant en esclaves,
Arrêtant tout essor, et mettant des entraves

III

J'aime encor que ces Rois sous les murs de Vincenne
Tantôt aillent s'asseoir à l'ombre du vieux chêne,
Pour rendre la justice, apaiser les procès :
D'un monarque voilà les seuls et vrais succès.
C'est ainsi que du peuple ils obtenaient l'estime,
Favorisant le bien, et punissant le crime,
Eloignant de leur cour, ainsi que des valets,
Les cyniques flatteurs qui se sont faits laquais !
Pleurés par leurs sujets, ils mouraient sur leur trône,
Laissant à leurs enfants leur sceptre et leur couronne ;
Saint Denis devant eux ouvrait ses grandes nefs ;
Quand ces grands morts passaient, tous étaient prosternés.
La vaste basilique, aux dalles sépulcrales,
Dont les caveaux sont pleins de dépouilles royales,
Recevait, tout émue, et pleine d'un saint deuil,
Avec de grands honneurs, leur illustre cercueil !

IV

Oh ! si l'on nous donnait, en ces temps où nous sommes,
Temps troublés et mauvais, pour gouverner les hommes,
De ces Rois vertueux, et non pas des tyrans ;
Si nous avions pour chefs des Rois sages et grands
Qui missent leur bonheur à rendre heureux leur peuple,
En chassant loin de lui l'impur démon qui peuple
Les bas fonds dégoûtants de la société,
La révolution...... alors la liberté
Trop longtemps bafouée, et trop longtemps esclave,

Relèverait la tête, et briserait l'entrave
Qui l'empêchait, hélas! de regarder les cieux
A travers les durs pleurs qui remplissent ses yeux!
Alors, ô joie heureuse! ô douce délivrance!
O moment fortuné qu'attendait l'espérance!
Alors nous aimerions ces nouveaux protecteurs,
Ces vrais amis du peuple; — autour de ces sauveurs,
Oubliant tous leurs torts et leurs haines passées,
L'âme rassérénée, et n'ayant de pensées
Que pour servir la cause éternelle du bien,
Nombreux se grouperaient, unis d'un même lien
Tous ces anciens partis, nés sous le servilisme,
Et que lassait le joug d'un honteux despotisme!
Alors encor la paix, ce mirage trompeur
Qu'à nos yeux faisait luire un pouvoir dictateur,
La paix, bienfait du ciel qui calme nos misères,
Régnerait parmi nous, et les affreuses guerres
Pour jamais s'enfuiraient, loin des mortels humains,
Traînant la Pâle Mort de leurs sanglantes mains!

V

Ah! si parfois le peuple a des jours de colère,
Si comme le lion qu'on traque en sa tanière,
Il ébranle le ciel de ses rugissements;
Si, furieux, il a de sourds trépignements,
Pareils aux bruits lointains d'une mer en tempête,
Si des nuages noirs s'amassent sur sa tête,
Si de son front meurtri s'échappent des éclairs,
Si dans la sombre nuit, ses yeux fauves et clairs,
Lancent de ces rayons qui jettent l'épouvante,

Ah! c'est qu'il sent aux mains le poids trop lourd de fers,
C'est qu'il souffre ici-bas comme on souffre aux enfers,
C'est qu'il a soif et faim, et que dans sa souffrance,
Abandonné de tous, n'ayant plus d'espérance,
Il n'a pour se calmer qu'un morne désespoir !
Et tandis que bien bas, sous un ciel toujours noir,
Lui peuple, lui géant, il gémit, souffre et pleure,
Qu'il est sans vêtement, et que dans sa demeure,
Pour ses enfants et lui sur la planche il n'est pas, ·
O misère ! du pain ; — tandis que sur ses bras,
Il voit le Spectre — Faim s'acharner sans mesure,
Qu'à sa porte, il entend crier, hurler l'usure ......
En haut, dans des palais, sous des lambris dorés,
Dans des appartements de lumière empourprés,
Où le luxe a semé le faste et l'opulence,
Au détriment, hélas! de la pauvre indigence
Qui passe en murmurant, couverte de haillons,
Sous ces fenêtres où résonnent les chansons ; —
En haut, c'est là qu'on danse, et qu'on rit, et qu'on chante
Tandis que toi, mon peuple, étendu sous la tente,
L'œil en pleurs, le cœur gros, et les lèvres en feu,
Tu souffres et gémis, regardant le ciel bleu ,
Comme pour y chercher un baume à ta souffrance ;
Et ceux qui dans ces murs, avec une arrogance
Dont la seule pensée au cœur cause un dégoût,
Se livrant au plaisir, chantant, riant de tout,
S'adonnent à l'orgie, et font bonne ripaille,
Traitant insolemment le reste de canaille,
Qu'il ne faut pas toucher même du bout du pied,
De peur de se salir, ce sont, peuple, ô pitié,
Ceux qui se disent Rois, tes souverains, tes maîtres,
Ceux qui pour t'apaiser te flattent, et qui , traîtres
A leurs serments sacrés, s'en viennent te frapper

A la joue, et craignant de te voir échapper,
Te mettent aux poignets de sanglantes menottes,
Feignant de t'écraser du talon de leurs bottes,
Si tu parais bouger, si de ton cœur meurtri,
Tu laisses s'échapper une plainte, un seul cri !

VI

Peuple ! Voilà tes Rois ! Voilà ceux qui se disent
Tes sauveurs, tes amis, et qui te prophétisent
Des jours heureux, des jours pleins de prospérité,
Une ère enfin de Paix et de Fraternité !
Leur empire doit être ainsi qu'un édifice,
Ayant pour fondement l'équité, la justice,
Et que doit terminer à son faîte monté,
Le seul couronnement, la sainte liberté !
Mensonge que cela ! l'empire, c'est la guerre,
Et ce n'est pas la paix ; — c'est par toute la terre
La discorde semant les viles passions,
C'est l'abrutissement des grandes nations,
C'est un couvert de plomb pour la noble pensée,
C'est l'obscurcissement de la gloire passée,
C'est l'esclavage avec tous ses terribles maux,
C'est le plus désastreux de tous les grands fléaux !
Car l'empire, oh ! oui, c'est la prison pour les femmes,
L'exil pour les maris, et pour les nobles âmes,
Cayenne, Lambessa, les cachots étouffants
Les casbahs, les pontons sur les flots mugissants,
Les bagnes, les boulets, et les pesantes chaînes
Que l'on attache aux mains des victimes humaines !
L'empire, c'est la mort ; ce sont les pleurs, les cris,
L'Océan, les rochers pour les pauvres proscrits ;

C'est Pauline Roland sous le ciel de l'Afrique
Expirant pour avoir aimé la République !

VII

Oh ! les Rois d'aujourd'hui, je les hais, ils n'ont plus
Le respect pour les lois, ni ces saintes vertus
Qui faisaient autrefois l'ornement des monarques,
Ces rivaux de Verrès, pires que des Exarques,
Semblables aux brigands qui sur les grands chemins,
Détroussent les passants, et se lavent les mains,
Se sont faits grands voleurs, en se faisant parjures.
Infâmes jusqu'au bout, et couverts de souillures,
Mettant enfin le comble à leur iniquité,
Ils ont tout violé, jusqu'à la Liberté !
Mais peut-être qu'ils ont respecté la Justice
Et qu'ils ont empêché que l'Honneur ne périsse !
Justice, Honneur, vains mots pour l'oreille des rois
Ils ne respectent rien, ils s'amusent des lois ;
Ils ne sont point touchés des maux de la Patrie,
Quand souffrante, abattue, à genoux elle prie,
Et que demandant grâce à ses cruels bourreaux,
Esclave, elle languit derrière les barreaux !
Mais ils n'entendent point : leur cœur à la souffrance
Est fermé pour toujours ! Malheur ! car la vengeance
Aura bientôt son heure ! Et puis l'on vous verra
Par les champs où Caïn, maudit, longtemps erra,
Errer à votre tour, suivis de tous vos crimes,
Et pliant sous le poids des colères divines !
Vous irez, assassins, frapper peut-être aux portes,
Comme le vent d'hiver chasse les feuilles mortes ;

Ainsi partout chacun vous chassera. L'enfant
Que seul fera trembler votre aspect effrayant,
S'enfuira, croyant voir un monstre à face humaine,
La mère vous voyant, vous chargera de haine,
Et sur votre passsage, exécrés et maudits,
Vous ne trouverez plus que la honte, ô bandits !

. . . .

. . . .

VIII

Un jour quelques démons, voulant capter les droits,
De leur maître Satan, — Satan en fit des rois !

AUX ÉMEUTIERS DE 1870

Allons donc ! Emeutiers, vous êtes sans courage,
    Et vos semblants d'efforts sont vains !
Vous tremblez comme on tremble au déclin du vieil âge,
    Et la peur engourdit vos mains !

Vous n'êtes plus les fils de ces lutteurs superbes
    Qui pour sauver la nation,
Vainquirent vingt tyrans en des combats acerbes....
    C'est qu'ils ressemblaient au lion !
En ces héros on vit les descendants illustres
    Des anciens et vaillants croisés ;
Ils n'avaient point frayeur ; ce n'étaient point des rustre
    Que la peur a d'effroi glacés ;
Ils portaient, ces guerriers, une âme toute fière,
    Courageuse dans les combats.
On ne les voyait pas pour un verre de bière
    Comme vous mettre fusil bas !
Car vous depuis longtemps, vous êtes les esclaves,
    De celui qui sait vous flatter ;
De la société, dégoûtantes épaves
    Qu'un impudent ose acheter !
Oh ! oui, vous n'avez pas « sous la mamelle gauche »
    Ce que tout homme porte, un cœur !
C'est vide ! rien ne bat, et quand la mort vous fauche,
    De vos cadavres elle a peur !
Mais pourquoi, dans la rue, essayer de combattre,
    Quand vos bras faibles, impuissants
N'ont aucune énergie ? Il nous faut, pour se battre,
    Non pas des nains, mais des géants !
Allez ! retirez-vous dans vos noires tanières,
    Vraiment vous me faites pitié !
Conspirez et tramez, marchez dans vos ornières,
    Traînant la boue à votre pié !
La Révolution ne veut point de ces hommes
    Qu'une menace fait pâlir,
Et qui toujours sont prêts pour de modiques sommes,
    A la livrer, à la trahir !
Ce qu'elle aime avant tout, c'est des gens forts comme elle,

Qui, braves, ne reculent pas !
Et qui tout pleins d'ardeur, « du feu dans la prunelle »
Savent affronter le trépas !
La Révolution ! c'est une noble fille
Née un jour de la Liberté,
Née au sein d'amours chauds, et derrière une grille
D'un amant en captivité !
Ridicules héros d'un âge qui succombe
Et qui tend vers les lâchetés,
Fanfarons vaniteux, qu'une feuille qui tombe
Fait reculer épouvantés !
Non, non, vous n'avez pas de vertu dans votre âme,
Et de courage au fond du cœur.
Une ombre vous fait fuir, comme fuit une femme
Sous le coup de quelque frayeur !
C'est pour vous amuser que vous prenez des armes,
Que vous soulevez du pavé ;
Et vous ne versez point de ces brûlantes larmes
Qu'on verse pour un bien rêvé !
Oh ! bien mesquines sont toutes vos barricades
Où vous cherchez un sûr abri,
Vous avez peur, grand peur du feu des fusillades,
Et vous fuyez au premier cri !
A la bonne heure au moins, ceux de quatre-vingt treize
Etaient plus courageux que vous.
Toujours se défendant, et luttant à leur aise,
Jamais on les vit à genoux !
Il mouraient en héros, sur le champ de bataille,
Le front tourné vers le soleil ;
Quand grondait le canon, quand sifflait la mitraille,
Ils triomphaient à ce réveil !
Ils tombaient en criant, la main sur la poitrine,
Vive ! vive la Liberté !

Frères, sachons mourir! conspirons la ruine
De la despote Royauté!
Et quand ils succombaient, écrasés par le nombre,
Alors dans les plis du drapeau
Ils s'ensevelissaient, voulant mourir à l'ombre
De leur enseigne libre et beau!
Ah! c'est que ces héros sentaient que dans leurs veines
Bouillonnait un sang généreux;
Ils ne s'arrêtaient point à des menaces vaines,
Se trahissant par des aveux!
Mais vous, lâches poltrons, saltimbanques de rue,
A la face jaunie, à l'air
Stupide, et qui n'osez marcher la tête nue,
L'œil fixe et le cœur découvert,
La Révolution vous rejette et renie,
Non, vous n'êtes point ses enfants!
Vous ignorez comment on immole sa vie
Dans des combats durs et sanglants!
Tant que vous n'aurez point dans le cœur cette flamme
Qu'au foyer de la Liberté
L'amour de la Patrie entretient en une âme
Où règne la Fraternité,
Vous ne serez jamais que de pauvres pygmées,
De pâles et lâches voyous,
Fuyant, honteux devant quelques troupes armées,
Vaincus, hurlant comme des loups!

FIN.

Typographie P. DESCHAMPS, Grand'rue, à Nontron.

www.ingramcontent.com/pod-product-compliance
Ingram Content Group UK Ltd.
Pitfield, Milton Keynes, MK11 3LW, UK
UKHW022357120726
13694UKWH00005B/1927